LOS ASALTANTES

(Y otros cuentos de pandemia)

Gustavo Gómez Ardila

2020

CONTENIDO

EN ESTA VIDA TODO SE SABE

-Aúllan los perros, asómese a ver qué pasa, hija –le dice la mamá a Melissa. Madre e hija duermen en la misma pieza, pero en catres separados. Viven solas. El padre las abandonó cuando aún Melissa no había nacido. La muchacha ya tiene 20 años y no conoce a su papá. Cuando le pregunta, la mamá siempre esquiva la conversa.

- ¿Qué va a pasar? Los perros aúllan cuando tienen ganas de aullar. O tal vez le aúllan a la luna -contesta la muchacha, medio adormilada, molesta con la mamá por haberla despertado, preciso, ahora, cuando empieza a coger el sueño.

-No hay luna esta noche. Levántese, mija, algo hay raro en la calle.

-Le ladran al viento, ma.

-No ladran, aúllan, y no hace viento. No escucho mover los árboles.

La muchacha se levanta despacio en la oscuridad de la pequeña habitación. Busca a tientas con los pies las pantuflas en el suelo. El piso de tierra es frío. En algún lugar de la pieza chilla una tuteca.

-Algún muerto será. Algún muerto que tiraron al callejón de las basuras. Los perros huelen desde lejos el olor de los muertos- vuelve a decir la mamá.

-Usted siempre pensando en muertos, mamá. Desde que empezaron a hablar del coronavirus, usted se sicosió.

Sin encender la luz, tanteando el aire con las manos, la muchacha va a la puerta, pero no la abre. Acerca una silla roja de plástico, se sube a ella y mira por la reja que hay encima de la puerta metálica. No hay ni viento, ni luna. Apenas una claridad borrosa que deja adivinar la calle sin pavimentar, llena de piedras y de tierra, y la casa del frente, con paredes de tabla como todas las de aquella invasión. La tuteca deja oír otra vez su son gris de maraquero.

- ¿Qué ve, Melissa?

-Nada, ma. No hay nada, ni gente, ni fantasmas, ni animales. Todo el mundo está durmiendo, sólo usted y yo, imaginando cosas que no existen. - La muchacha se esfuerza porque la voz no le tiemble. No quiere contarle a la mamá lo que ve. No quiere preocuparla.

El hombre y la mujer, que viven en la casa del frente, están en la calle. Parece que discuten, pero sus voces no alcanzan a oírse por el ladrido de los perros. Trastabillan al caminar, como si hubieran estado tomando trago. De pronto, ella trata de darle una bofetada y él la toma por el cabello y la lanza al piso. Allí la agarra a patadas. Los perros se abalanzan contra el hombre como si quisieran defender a la mujer. El hombre se enfrenta a los perros mientras arrastra a su mujer hacia adentro de la casa. Melissa los conoce. Son sus vecinos. No tienen hijos. La mujer es joven y bonita. Trabaja en casas ajenas planchando ropas. Sale temprano todos los días y regresa al atardecer. El hombre es el de los oficios del hogar: lava, barre y hace de comer. Una noche, después de un aguacero, Melissa resbaló en la calle, allí cerca, y el hombre, que estaba en la puerta, corrió hacia ella y la ayudó a levantarse, la abrazó por la cintura y la ayudó a llegar hasta su casa. A Melissa le pareció que olía a aguardiente.

Melissa desciende de la silla roja y vuelve a acostarse. Palpa en la mesita de noche en busca del celular. La 1 de la mañana. Trata de dormir, pero no puede. Tiene miedo. La mamá está delicada de salud. Hace poco le hicieron una cirugía de la vesícula y le ordenaron varios días de reposo. Ahora Melissa es la encargada de los trajines de la casa.

- ¿En qué piensa, hija? –vuelve a preguntarle la mamá desde la oscuridad. Sabe que la muchacha no duerme.

-En nada, ma-. Intenta no contestarle, simular que duerme, pero las palabras se le salen de la boca.

- ¿Usted vio algo en la calle que me está ocultando, cierto, hija? Desde aquí le escucho los galopes de su corazón. Esta noche el diablo anda suelto. Hay olor de azufre en el aire.

-No hable pendejadas, mamá-. La muchacha da la vuelta y queda de frente a la ventana. Un escalofrío y un poco de luna le recorren el cuerpo. La imagen de la mujer en el suelo recibiendo puntapiés del marido, la lastima. Ella ha debido gritarle que no le pegue, que es una mujer, que está indefensa, pero no lo hizo. Por cobardía. Porque en los problemas ajenos es mejor no meterse. ¿Y si adentro el hombre mata a su mujer? Con un grito, con sólo un grito, hubiera podido evitar la pelea. Pero no gritó. Y ahora eso la desvela.

- - - - - - -

Al medio día la calle se alborota de nuevo. La gente corre. Unos entran y otros salen de la casa del frente. En un momento pareciera que todo el barrio se hubiera volcado a ver algo en el interior de la vivienda. Melissa sale corriendo. "Ya vengo, mamá", grita desde la calle, y la mamá queda en la cama esperando el almuerzo. Al momento regresa con el rostro descompuesto y con ganas de llorar. Siente náuseas. Toma agua.

- ¿Qué pasó, hija, ¿qué pasó?

-Algo horrible, mamá. Los ahorcaron. A los vecinos del frente. Alguien los ahorcó tal vez para robarlos, tal vez alguna venganza. Ambos están colgados del matarratón del patio.

- ¡Santo Cielo! –dice la señora-. Se santigua, hace intentos de levantarse, y dice: "Yo sabía que el diablo andaba suelto".

-Yo los ví, mamá. Horrible. Los ojos desorbitados, la lengua por fuera de la boca, ambos con una mueca de desespero, mamá, yo no los hubiera visto...- Melissa comienza a llorar. Va y cierra la puerta. Después llega un carro haciendo sonar la sirena. Debe de ser la policía. Pero no se asoman. Están ambas abatidas. Cada una en su cama.

Después de un rato, la mamá dice:

-Nadie los mató. Ellos mismos se ahorcaron. Enloquecieron. El encerramiento por culpa de la pandemia les trastornó la cabeza.

- ¿Quién le dijo eso, mamá?

-En las noticias dijeron que la cuarentena enloquecía a la gente.

La muchacha abre la puerta. El calor le golpea la cara. Afuera sigue el bullicio.

- ¿Qué más se ha sabido? –le pregunta Melissa a la vieja Carmela, que en ese momento pasa por la calle. Carmela, la que dicen que es bruja, que les fuma el tabaco a los hombres infieles para que regresen a sus casas como mansos corderos; Carmela, la que hace riegos en las casas con las siete hierbas para alejar las influencias negativas; Carmela, la portadora de malas noticias en el barrio, se acerca y le dice en voz baja a la muchacha:

- ¿Que qué pasó, mijita? Que el hombre la mató por puta, y luego se ahorcó él.

- ¿Qué?

- Ella decía que se iba a planchar ropas ajenas, pero mentiras. Se iba para el parque Mercedes a buscar hombres, para conseguir lo del día. Cuando él lo supo, se le atragantó la vida y no descansó sino cuando la colgó. Y luego, se ahorcó él también. ¡Por cobarde!

- ¿Quién dijo eso, señora Carmela?

-En esta vida todo se sabe, niña.

EL MURCIÉLAGO DORADO

Mire, ñero, le voy a contar lo que pasó, sin pelos en la boca. Grabe todo lo que le digo para que no me le cambie ni el palito de la eñe, porque dicen que ustedes los periodistas publican sólo lo que les da la gana. Y si quiere tomar fotos, hágale, pero no me pida que le pose como maricón. Venga y le presento a mi chama, ella es Marta, perdónele la facha, pero es que dicen que detrás de un hombre sucio hay una mujer peor. Mire, mi amor, éste es un reportero de... ¿de dónde es que dijo que es usted? Ah sí, del periódico La Opinión. Mire, aquí tenemos varios ejemplares viejos para arroparnos de noche, cuando hace frío, pero no nos ha vuelto a llegar la suscripción ¿por qué será? Ah, ya. No volvieron a imprimirlo desde que se desató este mierdero, ¿cómo es que le dicen? Corona..., eso es mucho nombre para semejante gonorrea. Dizque corona. ¿Los periódicos? Es que hay gente que los bota sin siquiera leerlos, o los compran tal vez por el crucigrama o por los muertos del día, y nosotros los recogemos. Aquí nos sirven de colchón y de cobija y de papel higiénico.

Pero no nos salgamos del cuento, apúrele a ver, porque tengo que ir a abrir la oficina. Sisas, mi oficina es la calle. No se ría, que me pone nervioso y la voz me sale tembleque. A ver. A comienzos de este año, sí, del 2020, de este maldito bisiesto, se metieron tres chinos –de la China- a vivir debajo del puente de arriba de la 11, el que une a

Miraflores con Cundinamarca. Unas pichurrias, como nosotros, recogedores de basura de reciclar. Dos hombres y una mujer. Marta y yo los conocíamos porque casi siempre nos encontrábamos con ellos por los lados de Cenabastos, recogiendo cartones, latas y botellas, para vender en el centro de acopio de reciclaje.

Claro, igual que nosotros, en el Canal Bogotá, pero nuestro puente es mejor porque, como usted ve, éste es el de la avenida séptima, al lado de lo que era la cárcel Modelo, que ahora convirtieron en un centro comercial o algo así. Es un puente ancho, de varias columnas en cada lado, y entre columna y columna acomodamos nuestra rancha. Siga y la conoce. No le digo que entre, porque entrar es salir, como en el amor: cuando uno empieza a acomodarse con alguien, ya está dando los pasos para quedar afuera. En cambio, donde los chinos se acomodaron es más angosto y deben vivir más apretujados. Sisas, cuando llueve duro nos toca salir pitando porque el canal se llena y carga con todo lo que encuentra. Ya nos ha dejado en la cochina calle varias veces, a pesar de que somos habitantes de la calle.

Los conocíamos, pero jamás hablábamos con ellos. ¿Cómo hablarles si su lenguaje es una jeringonza de letras y garabatos? El caso es que la semana pasada alguien nos trajo el chisme de que ellos comían murciélagos crudos, que criaban en túneles que hacían por debajo de la calle. En una época normal, eso no nos hubiera importado. Nos resbala. Ni Marta ni yo nos metemos en la vida de los demás. Hacemos nuestro trabajo y conseguimos algunos pesos para comer y para meter vicio o, al revés, para el súper y el bazuco primero, y si queda algo, para comer cualquier cosa. Nuestra filosofía es lo que dicen por ahí: vivir y dejar vivir. Pero ahora es distinto, porque la gente asegura, sobre todo ustedes los periodistas, que la peste actual se originó en China, de tanto comer murciélagos, y de allí se regó por todo el mundo. Y estos chinitos, que llegaron de Venezuela, parece ser que andan en lo mismo: comiendo murciélagos y regando virus.

Llegaron tres a comienzos de año, pero han seguido llegando. Ya son como nueve. Se metieron, igual que todos nosotros, al canal, debajo de los puentes. Pero ellos dizque escarban, tipo armadillos, como si quisieran hacer una ciudad debajo de la otra ciudad. Eso, ni fu ni fa, ni nos va ni nos viene, y hasta sería bacano andar por callejuelas y zaguanes por dentro de la tierra, a donde no llegue la poli a jodernos. Es que a veces se asoman esos malpas por aquí de madrugada, nos echan en sus camiones como si fuéramos bestias y nos llevan a la estación de San Mateo donde nos bañan con los chorros gruesos y potentes de las máquinas que tienen para disolver manifestaciones de maestros y de estudiantes.

Pero no me interrumpa, ñero. Hagámonos allí a la sombra, que este sol está que pica. Le decía que lo malo era el criadero de murciélagos. Nos dio miedo porque a la huesuda hay que temerle. Sisas, la pelona. Esta vida es chévere, legal, a pesar de lo jodida que se pone a veces, hermano, y nadie quiere marcar calavera, así como así, y menos por la picadura de uno de esos bichos. Dígame una cosa, usted que es leído, ¿será cierto que los murciélagos tienen cuerpo de ratón y son mamíferos y buscan mujeres para amamantarse de sus senos? Me da temor por Marta, que duerme sin camisa, con las pechugas al aire por este calor tan hijuemadre, pero ella dice que no le pasa nada, que nunca le pasará nada porque tiene la contra, un cordel con treinta y tres nudos por treinta y tres credos que alguna vez rezó en una procesión del santo sepulcro, en la Semana Santa de su pueblo.

Como el cuento es que donde hay murciélagos está la mata de la enfermedad, yo me puse y alebresté a los otros habitantes de este fetidero. Ustedes dicen que se contagian unos con otros, que deben llevar trapitos en la boca o máscaras, que se saludan de lejitos y que no salen de sus casas. Cobardes y delicados que son. A nosotros, que vivimos entre la mugre, entre la mierda, nada nos pasa. Estamos vacunados. Pero a los animalejos sí hay que tenerles miedo. Hice el recorrido, puente por puente, y todos nos pusimos de acuerdo. "Listo, jefe –me dijeron- lo que usted diga, lo hacemos". Claro, somos como una hermandad y nos ayudamos los unos a los otros, como dice la santa biblia. Sí señor, la he leído. ¿O usted qué cree que ustedes los de la jai son los únicos que saben leer? ¿Líder yo? No, señor, sapo o metiche, que es diferente, y la gente me hace caso. Una noche se me metió la idea de que iba a llover y me fui, diciéndoles: "Ojo, ñeros, ojo con el caño, que esta noche llueve". Y, preciso, llovió. Los que me hicieron caso, habían buscado otros metederos y nada les pasó, a los que creyeron que yo hablaba mierda se los llevó la corriente. Desde entonces cogí fama. Y los ayudo en lo que pueda.

Nos pusimos de acuerdo, hicimos mechones con trapos empapados de petróleo. Sí, anoche. La idea no era quemar chinos sino murciélagos. A las 7 se reunió la gallada. Marta no nos acompañó, pero en la mañana me había dicho:

-Si encuentran el murciélago dorado, no permita que lo quemen. Me lo trae. Quiero tenerlo como mascota.

- ¿Murciélago dorado? ¿Qué tochada es esa?

-En mi pueblo dicen que en las camadas de murciélagos a veces se encuentra uno de color dorado. Es el único que no hace daño, porque los otros le sacan la sangre a la gente y al ganado. Tenerlo es de buen agüero. Trae una suerte de las putas.

Me reí de sus creencias, pero todo el día me acompañó la imagen de un murciélago con alas brillantes como el oro. Le construiría una jaula y Marta podría tener su mascota para la buena suerte, y si a Marta le va bien, a mí me va bien, porque somos uno solo, y vivimos el uno para el otro. En adelante ya no seríamos dos en la vida, Marta y yo, sino tres, con el murciélago dorado.

Nos fuimos canal arriba, y cuando íbamos acercándonos al puente de los chinos, les hice un alto, me subí a un terraplén y les dije:

-Recuerden, con los chinos, nada. La verga no es con ellos, es con los murciélagos. Los quemamos y listo. Ah, una cosa: Si alguno encuentra un murciélago de color dorado, no lo mate ni lo queme, me lo trae, que lo necesito para dárselo como mascota a Marta, mi parcera.

-Nanay cucas –gritó uno de los que viven en el parque Lineal. -El que encuentre ese bicho dorado es su dueño. Debe valer un montón de plata.

Los demás estuvieron de acuerdo con el man. Quise hablar de nuevo, pero nadie me hizo caso. Entonces me hice a un lado y dejé que todos pasaran, canal arriba, con sus teas encendidas. No quise acompañarlos. Me había hecho la ilusión de darle a Marta, como un trofeo de guerra, el murciélago dorado que ella quería. Pero mis amigos, compañeros de canal y de la misma gallada, a quienes yo había ayudado varias veces, me dejaron solo. Me dieron la espalda. Se alejaron de mí, sin importarles que yo me hubiera detenido, nadie vino a invitarme que siguiera, que no me rajara, que echara pa´lante. La ingratitud, chamo, cunde por todas partes.

Me senté a la orilla del canal, desilusionado de mis amigos. Usted hubiera hecho lo mismo, ¿cierto, parcero? Me fumé un taco y me entró la pensadera. Marta no tendría su mascota y nuestra suerte seguiría hijueputiada, con la malparidez que siempre nos acompaña en esta triste vida. No sé qué sucedió de allí en adelante. Tal vez me dormí, tal vez perdí la antena a tierra, tal vez la pantalla se me bloqueó.

Me despertaron la gritería, los golpes, los madrazos, las carreras y las sirenas de la policía. Alguien había alertado a los del CAI que una manifestación de desechables avanzaba por el canal Bogotá, con ganas de incendiar la ciudad pues llevaban hachones y pimpinas de gasolina, lo cual no era cierto. Pero los uniformados encontraron el pretexto para desalojarlos, cascarles y llevarlos presos. Hubo heridos, dicen que dos muertos y muchos detenidos. Mire, parce, todavía el agua detenida se ve turbia de sangre. Fue el desbarajuste, el mierdero, el desastre total. Mire la bandada de chulos volando allí cerca, les dio olor a mortecino y vienen a buscar su ración.

- ¿O sea que usted se salvó, de pura chiripa?

-Las chiripas no existen. Lo que pasa es que yo anduve todo el día con el murciélago dorado en mi mente, lo imaginé, lo acaricié, lo hice realidad, lo hice mío. Y el murciélago dorado me protegió, me llenó de suerte.

- ¿Y los otros murciélagos y los túneles?

-Pura mierda. No había animalejos ni cuevas. Y estoy por pensar que ni siquiera los chinos vivían ahí.

EL MÚSICO

Vivo solo. Con mi guitarra. Soy músico de profesión. Y soy muy buen músico. Cualquiera podrá decir que soy pedante, engreído y que me creo la última coca cola del desierto. Pueden pensar lo que quieran. Alguna vez aprendí de Tomás de Kempis que "no eres más porque te alaben, ni menos porque te vituperen". Creo que el libro se llama De la Imitación de Cristo. No estoy muy seguro, pero la frase me gustó y siempre me la repito y se la digo a mis amigos. Lo de amigos es un decir, porque no tengo amigos, pero no por lo que dice la gente que "amigo el ratón del queso", o que "amigos no hay amigos", sino porque siempre me acostumbré a vivir solo y solo he caminado por la vida y solo me bandeo y me ha ido muy bien. Muy bien es como decir más o menos.

No tengo esposa, ni amante, ni novia. Y ni siquiera amigas. Desconfío de las mujeres y prefiero tratarlas de lejitos, aunque debo admitir que admiro a algunas de ellas, pocas, es cierto, pero que tienen sus puntos a favor. Las demás pierden el año. Jamás me acostumbré ni me acostumbraré a las mujeres. Mejor solo que mal acompañado, dicen en las cantinas. Pero tampoco soy homosexual. Los hombres somos lo peor que Dios creó. Y me incluyo en ellos. No me junto con nadie que sea peor que yo. Los mejores son muy pocos. Otra vez mi ego por delante. Pero así soy yo. ¡Qué le vamos a hacer!

No soy músico formado en academia, ni músico de guitarra clásica, ni músico de conciertos. Soy músico de cantinas. Esa es mi profesión. Pero soy un excelente músico. Y cantante afinado. Compongo canciones. Letra y música. Llego a cada cantina y paso directamente al mostrador. Pido dos copas de aguardiente, saco dos limones de mi mochila, exprimo uno en una copa y la otra junto con el limón se la ofrezco con una sonrisa al cantinero. El tipo o la tipa me mira agradecido y queda hecho el contacto. Porque para caerle bien a la gente no se necesitan grandes obras. Basta una sonrisa y un simple detalle. En seguida le pido que, si me puede colaborar, apagando la música para yo cantar unas dos o tres canciones. Me voy a las mesas y les aplico la sicología a los tomadores. Yo sé, por la mirada, por su actitud, por su estado de ánimo, si el hombre está despechado, y me le voy con un tango o una ranchera arrabalera de odio o de desprecio. Si está enamorado, le canto un bolero. O si está pasando el rato, le dedico algo suave, música andina o un vallenato de los de antes, de los de Bovea y sus vallenatos, con guitarra. Pero todos quedan atrapados. Todos tenemos nuestro lado flaco. Algunos me dan propina. De eso vivo. Otros no me dan plata, pero me regalan sonrisas y aplausos. Eso también sirve. A veces llena más una sonrisa que un billete. Mi horario es alrevesado: Duermo de día y trabajo de noche. Ocho horas sagradas. De ocho de la noche a cuatro de la mañana. De cantina en cantina. Yo canto y me acompaño. No pertenezco a ningún grupo musical. Me defiendo solo. Con mi guitarra.

En realidad, eso era antes. Desde que empezó la cuarentena obligatoria por culpa del virus que llegó de China, el asunto se me complicó. Cerraron los bares, las cantinas y los amanecederos, que eran mis sitios de rebusque, es decir, mi entorno laboral. Pero bien dicen que la palabra crisis no significa problema sino oportunidad para poner en juego nuestra capacidad de salir adelante. Y fue lo que yo hice. Le metí pensadera al asunto y no me dejé ahogar en el río de las miserias humanas, como dice una canción de las que yo canto.

Una tarde, cuando el sol comenzó a aplacarse, tomé mi guitarra, mi mochila y una botella de aguardiente, de las que yo siempre tengo en reserva, y me fui al cementerio central. Aclaro. No soy borracho, no soy alcoholizado, no soy vicioso. Pero cualquier músico sabe que, sin algo fuerte para el guargüero, la voz no sale a la perfección. Son secretos del oficio. Porque todo oficio tiene sus mañas y sus gajes.

El cementerio estaba solo. Me acerqué al celador, que es el mismo sepulturero y el mismo administrador del camposanto, le hice la charla sobre el momento que estábamos viviendo, le conté mi situación desesperada y que iba a cantarles unos responsos a las ánimas benditas, a ver si me ayudaban. Se negó a dejarme entrar, por lo que debí acudir a la intermediación del aguardiente. Le ofrecí un trago a pico de botella, la conversa siguió, canté un miserere en un latín improvisado y a los tres tragos con sus respectivas canciones, ya había conseguido la entrada. Sin embargo, el tipo me dio un consejo:

-Mire, amigo, usted me ha caído muy bien. Le contaré algo: Venga esta noche, a las 12 de la noche y es posible que las ánimas le hagan el milagrito.

- ¿A las 12 de la noche? ¿La hora de los espantos? –le dije con cierto temor.

-Los que trajinamos con muertos –me contestó- sabemos que los difuntos no espantan. Son los vivos los que a veces nos matan del susto.

- ¿Y a esa hora qué va a suceder?

-Venga, amigo, venga y se entera por sus propios ojos. Pero tráigase otra media botella o la botella completa.

Llegué a las 11.30 de la noche y le llevé la media de aguardiente. El hombre me esperaba. Desde el portón de hierro, chirriante con chirridos de miedo, le eché una ojeada al cementerio oscuro y silencioso. No vi sombras ni fantasmas, ni escuché arrastrar de cadenas. Sentados en el andén del cementerio entre canciones y tragos le dimos la espera a la media noche. "Bueno, compadre –me dijo al acercarse las 12- prepárese unas tres canciones de despedida a seres muertos. Ya no demoran en llegar tres entierros. Ganaremos algunos pesos. Miti y miti". En efecto, al instante llegaron tres carros mortuorios con sus difuntos. Detrás, algunos carros silenciosos con los dolientes. Bajaron a los difuntos y se encaminaron a las bóvedas que ya mi amigo, el sepulturero, las había preparado.

-Señores, quiero presentarles –dijo el sepulturero, antes de meter los cajones mortuorios a las tumbas - a mi compadre Mauro, cantante de velorios, entierros y novenarios, que hoy ha querido acompañarlos a ustedes en su dolor con tres canciones de despedida, a cambio de la propina voluntaria que ustedes quieran ofrecerle. Arranque, compadre.

Y arranqué. Los deudos hicieron un corrillo a mi alrededor para escucharme, pues me habían pedido cantar en voz baja, ya que estaban prohibidas las reuniones. Por unos momentos olvidaron a sus muertos para estar pendientes de mis canciones de despedida: No vale nada la vida, ¿Por qué Dios mío? y Adiós para siempre adiós. Era un entierro clandestino y colectivo de tres familiares que se contagiaron del virus el mismo día y murieron un mes después, el mismo día. Las mujeres lloraban con lloros silenciosos. El sepulturero recibía las propinas, mientras preparaba los ladrillos y la mezcla para tapar los huecos. No me aplaudieron, pero me pidieron la ñapa. En conciertos también se dan ñapas. Como vi que las propinas estaban llegando generosas a la gorra del sepulturero, les canté Nada es eterno en el mundo. No había terminado de cantar la ñapa, cuando nos vimos rodeados por la policía. Su intención era llevarnos presos a todos por estar violando la cuarentena, el toque de queda y la ley seca. Tres delitos graves en época de pandemia. Al unísono alegamos todos, cuál más, cuál menos, que simplemente estábamos cumpliendo con una de las obras de misericordia: enterrar a los muertos.

- ¿Y el borrachito de la guitarra, ¿qué hace? –preguntó el teniente.

-Ningún borrachito, señor. Soy un artista de funerales y defunciones –le contesté en tono airado.

Ordenó, entonces, que me hicieran la prueba con el alcoholímetro. Por eso estoy aquí detenido. Fui el único al que pusieron preso. El sepulturero se escabulló con la plata de las propinas, a los deudos los dejaron ir, y los muertos allá estarán disfrutando de su cuarentena eterna.

LA HIJA DEL SARGENTO ROSAS

Un pequeño lloro en la caneca de la basura de la Avenida primera con calle diecisiete, hizo regresar a la sargento Rosas Pedroza María Azucena. Iba hacia el carro de la patrulla que la esperaba a la salida de su casa para hacer el recorrido de rutina. Se regresó y envuelta en una cobija verde, encima de las basuras, halló una criatura recién nacida. La tomó en sus brazos y corriendo le ordenó al conductor que la llevara la clínica más cercana. El agente que conducía la camioneta prendió la sirena y corrió por encima de andenes, en contravía, pasándose semáforos en rojo hasta que llegaron a la Clínica de La Misericordia.

En la clínica la llegada de la niña cambió las actividades de todo el mundo. Corrían enfermeras, médicos, camilleros, tecnólogos y señoras del aseo. Era una niña abandonada en un basurero y había que salvarla. Y la salvaron.

Un milagro en medio de la pandemia. Mientras muchas personas morían a causa del virus galopante, una niña desprotegida nacía, alegre, gordita, risueña y juguetona.

La sargento sintió que había vuelto a nacer. Dos meses atrás había perdido a su bebé, cuando tenía cinco meses de embarazo. Ahora podía reclamar como suya a la niña que acababa de hallar, ella la cuidaría, sería su mamá.

Al día siguiente, a la hora de la formación de la policía, la sargento Rosas pidió permiso para hablar. El teniente le concedió la palabra. Salió al frente y pidió que el Comando de la policía hiciera las gestiones necesarias ante Bienestar Familiar para que la niña que ella había salvado de morir en un basurero, le fuera otorgada en adopción. La voz le temblaba y las lágrimas no la dejaban hablar. Un aplauso grande se regó por las filas de los uniformados, con hurras y gorras al aire.

El teniente pidió silencio, felicitó a la sargento por su acción humanitaria, la puso de ejemplo ante la policía de todo el país, y luego sacó de su carpeta un papel firmado y sellado y dijo con voz potente, pero también a punto de llorar:

Mi sargento Rosas, ya el Comando tomó cartas en el asunto. Ya se envió la solicitud a Bienestar Familiar. Y algo más: Según esta resolución que le entrego, a usted se le ha concedido Licencia de maternidad para que se vaya desde ya a la Clínica a cuidar a su hija. Y felicitaciones, mamá sargento.

Las filas se rompieron. Los gritos, los abrazos y los lloros de hombres y mujeres uniformados se hicieron uno solo. El teniente llamaba al orden y que volvieran a filas, pero nadie le hacía caso. También él lloraba

LA GITANA QUE PINTABA DESNUDOS

Era alta, blanca y de ojos claros. Vestía falda larga de gitana, ancha, con bolsillos escondidos en los pliegues, y dibujos de paisajes marítimos con palmeras que se recostaban a sus muslos, olas que le ponían alegría al bamboleo del caminar y algún barco que asomaba por allá en un horizonte de brumas. Le gustaba esa falda para salir a trabajar porque le traía buena suerte, decía. Era joven y delgada, con el cabello hasta la cintura y unos zarcillos brillantes que tintineaban con la brisa y el sol de la mañana.

Salía los domingos en busca de clientes para leerles la buenaventura igual que las otras gitanas de su grupo, pero prefería aislarse de sus compañeras que se quedaban en el parque central, mientras ella se dirigía al centro comercial Palmeras, a dos cuadras del parque, donde atendía su clientela con mayor comodidad. Allí estaba esa mañana de sol recio y aire azul, sentada en el banco de madera del patio, cuando vio que la muchacha se acercaba. Ambas se miraron y ambas se sonrieron, sin conocerse.

"Ven, morena, siéntate y descansa", le dijo la gitana, señalándole el banco a la recién llegada. El centro Palmeras es pequeño, pero tiene un patio con un árbol de mango en el centro, que regala mangos y sombra. Y cantos de pajaritos. A pesar de su nombre, no hay palmeras por ninguna parte. Es un patio fresco, a cuyo alrededor se encuentran los almacenes de ropa y de calzado y una librería, al fondo, hacia donde la joven se dirigía. Debajo del mango está la banca de madera, que los domingos se convierte en el consultorio de la gitana.

Frida se acercó. La saludó de mano y le dijo: "Mucho gusto, me llamo Frida". La gitana la examinó rápidamente al compás de su sonrisa, le apretó la mano con suavidad, pero con algún detenimiento, y le dijo "Bienvenida. Te estaba esperando".

- ¿A mí? ¿Me esperaba...a mí? –Frida dejó de sonreír. Se arregló con las dos manos el pelo que llevaba recogido como en una cola'ecaballo y se quedó mirando de frente a la gitana.

-Sí, morena, te esperaba, pero no te alarmes. En el libro de las señales dice que si miras al cielo y ves una nube blanca y otra gris que se juntan y luego desaparecen, es señal de que alguien se está acercando para fundirse contigo. Acabo de ver las dos nubes que se juntaron y desaparecieron. Es la señal, me dije. Y en ese momento apareciste tú con tu sonrisa blanca y con tu piel morena.

Frida miró al cielo. No había nubes. La paz del universo flotaba en el aire. "¿Hay algún libro de señales, como decir El Cantar de los cantares o El Alquimista? – preguntó Frida.

-El verdadero libro de señales está en poder de los gitanos. Los demás son malas copias o conjuntos de habladurías. Pero siéntate. Me pareces una joven interesante.

-No tengo mucho tiempo. Voy a buscar un libro –señaló la librería del fondo –y debo regresar temprano a casa.

- ¿Te puedo acompañar? Me encantan los libros.

Frida levantó los hombros como diciendo "me da lo mismo", pero en el fondo sabía que no le daba lo mismo, que le hubiera gustado haberse sentado al lado de la gitana y que ahora deseaba que la acompañara, pero por un falso orgullo quería aparentar otra cosa. Tenía apenas veinte años, pero decía que eran suficientes para conocer la vida. La gitana se levantó y empezó a caminar al lado de Frida, que se veía pequeña al lado de la esbelta gitana.

- ¿Te gusta leer, Frida?

-Sí. Soy escritora, y la debilidad de los escritores es leer. Ese es uno de mis vicios.

La gitana se detuvo en seco y se paró al frente de Frida: "¿Escritora tú? No puede ser. Noooo. ¡Cuánto tiempo yo deseando encontrar una escritora y se me viene a aparecer en el momento menos pensado! Ya decía yo: algo hay en esta muchacha que me atrae desde que la vi. Las señales no fallan -. La gitana reía, le tomaba las manos, le acariciaba la moña, los hombros, la cara. Tal vez quería convencerse de que no estaba frente a una visión. Frida no entendía los arrebatos de la gitana. "Ser escritora no tiene nada de especial –pensaba-. Es un oficio como ser jardinera o vendedora de helados".

- Yo quería conocer una escritora –siguió diciendo la gitana-, pero me las imaginaba serias, solemnes, complicadas y hasta amargadas. Y fíjate, se me viene a presentar una, aquí, de improviso, joven, bonita y sonriente. Gracias, virgen de la Macarena.

-¿De la Macarena?

-Si, es la patrona de los gitanos. ¿Y qué escribes, Frida?

-Escribo cuentos, fábulas, poesía. Todo depende del estado de ánimo de cada día, de cada rato. A veces le pongo algo de erotismo a lo que escribo. ¿Y usted qué hace?

-Yo adivino la suerte y pinto. Pinto desnudos. Mujeres desnudas.

Ahora Frida era la que no podía dar crédito a lo que estaba pasando. "¿Pintora usted? Precisamente ando buscando una pintora que ilustre mi libro de cuentos eróticos. No puede ser". Se rieron con gana. Cayó un mango maduro cerca de ellas. "Otra señal", dijo Frida, en son de burla. Y siguieron riendo.

- ¿Te das cuenta cómo hay fuerzas ocultas que guían nuestros pasos? ¿Has oído aquello de que cuando alguien quiere algo intensamente, el universo se confabula para que lo consiga? –dijo la gitana.

-Sí, algo he escuchado –contestó Frida.

- ¿Qué libro buscas? –preguntó la gitana. Su voz tenía un ligero temblor.
Volvieron a caminar hacia la librería.

-La oración de la rana, de Ánthony de Melo, segundo tomo –dijo Frida. Hacía poco le habían regalado el tomo primero y ahora deseaba continuar aquellas historias cortas llenas de amor y sabiduría. En el almacén no tenían el libro, pero le tomaron los datos para informarle cuando llegara. La gitana aprovechó para preguntar por el libro El caballero de la armadura oxidada. Frida la interrumpió: "Yo lo tengo, no lo compre, se lo puedo prestar". "Amiga, te doy un consejo: No prestes libros –dijo la gitana-. Los libros tienen alma y se lastiman cuando uno los presta. Y de tristeza, no regresan". Frida sonrió, se tomaron de la mano como dos viejas amigas y volvieron al patio.

-Te invito a un capuchino –le propuso la gitana. Frida miró el reloj de pulsera, y antes de que dijera algo, la gitana se le adelantó: "El tiempo es nuestro amigo o nuestro enemigo. Si se lo permites, te esclaviza. Es mejor que nosotros lo dominemos. Por eso los gitanos no llevamos reloj". Entraron a una cafetería en el mismo centro comercial y escogieron una mesa al fondo del salón.

-A ver, Frida, muéstrame algo de lo que escribes. Ahí debes tener tu cuaderno de notas –le dijo, señalándole el morral azul con letras blancas que llevaba. La muchacha sonrió y en lugar de buscar en el bolso, llevó la mano a la pretina y sacó el celular: "Éste es mi cuaderno de notas, donde llevo mis apuntes para después desarrollar los cuentos o poemas". Esto es un borrador. Y leyó:

"Fue una mañana de junio cundo volvieron a encontrarse Martha y Juliana. Las miradas de felicidad salieron a flote y sus ojos estallaron de adrenalina. Parecía que el destino las hubiera puesto en la misma calle, después de tanto tiempo. Martha era novia del hermano de Juliana, pero Juliana sentía cierta atracción por Martha. Por cuestiones de estudio, Martha debió viajar a España y el día que se despidieron Juliana la abrazó y le dijo al oído "Te extrañaré. Voy a decirte un secreto: Me gustas, amiga".
- ¿Te gusto? ¿Y por qué no me lo habías dicho?
-Tú sabes que soy muy tímida. Pero por favor, no le digas nada a mi hermano.

- ¿Sabes una cosa? Tú también me gustas. Más que tu hermano. Volveré y te buscaré.

Y se despidieron. Jamás se llamaron, jamás se escribieron, jamás volvieron a comunicarse. Y de pronto, después de tres años, se encuentran en una calle cercana a la universidad. Un "holaaaa" cariñoso y sonoro salió de ambas, al mismo instante. Las dos sonrieron, se abrazaron largamente y en sus labios nació una sonrisa picaresca. Hablaron de todo, sobre todo del pasado. El deseo y el fuego de sus miradas también hablaban. Estaba claro que aquel gusto aún seguía intacto. Planearon encontrarse nuevamente en un bar fuera de la ciudad. La cita se cumplió. Tomaron tequila, el trago preferido de Juliana. El licor empezó a hacer efecto, y un ligero beso de Martha hizo que el corazón de Juliana se acelerara en un galope de deseos retenidos. Por ahí cerca había un viejo motel y allá llegaron. Martha llevó las riendas y Juliana cambió su timidez por un volcán de fuego. Había espejos en el techo y en las paredes, y todo giraba como en un remolino. Las caricias no daban espacio a las palabras. La tarde se llenó de quejidos. Nada era real. Todo era un sueño.

Al otro día, Juliana le preguntó a su hermano: "¿Qué sabes de Martha?"

-Nada –le respondió bruscamente. –Y, por favor no me la vuelvas a mencionar. Ahora dizque le gustan las mujeres.

-Excelente, excelente, mi escritora. Desde ahora te designo como mi escritora favorita. –La aplaudió con palmadas en la espalda y en la mesa. Definitivamente la gitana era muy expresiva.

- ¿Y yo cómo hago para ver sus dibujos? –preguntó Frida.

-No los tengo aquí. De hoy en quince días, a esta misma hora nos vemos aquí mismo, y te muestro una carpeta con algunos de mis dibujos.

- ¿Y no nos podemos ver antes? –se le notaba la ansiedad a Frida.

-Es que esta semana viajo a Medellín a una exposición de pintores gitanos, y sólo regreso dentro de dos semanas.

-O me puedes enviar algunos dibujos a mi whatsApp.

-Los gitanos no llevamos celular. Es otra esclavitud de la que estamos liberados.

A Frida le empezó a chocar tanta lección de vida. Al fin y al cabo, ella no era gitana y apenas tenía 20 años. Quería vivir como le diera la gana, sin someterse a las reglas de los demás. Pero la gitana era bonita: Un hoyuelo en su mejilla izquierda le daba cierto aire de graciosa coquetería, sus ojos eran vivaces y toda ella irradiaba alegría. Además, Frida sentía que un aire de misterio envolvía a la gitana y estaba dispuesta a penetrar en ese aire de misterio.

Saborearon despacio el café mientras hablaban de este clima tan caluroso, de ese rosario tan bonito que llevas en el cuello, de sus ojos hermosos, pero más hermosa tu sonrisa, y de un rumor que estaba empezando a tomar fuerza, de un virus mortal que desde China se estaba regando por el mundo. "Por aquí no llega", dijo Frida. "No hables muy duro", dijo la gitana. "Sí, ya sé –dijo Frida con fastidio- en el libro de las adivinaciones de los gitanos dice que ya el virus viene cerca ..." La gitana soltó la risa y le puso el dedo índice en la boca a Frida para que no siguiera hablando. Frida le mordió el dedo con ternura y la gitana le dijo "No hables de los gitanos porque yo voy a volverte gitana, te lo prometo..."

Cuando Frida terminó el café, la gitana tomó el pocillo con las dos manos, les dio algunas vueltas a los rezagos y se concentró mirando las figuras que los cunchos trazaban en el pocillo. "¿Qué hace?", preguntó Frida.

-Miro tu futuro. Veo mucho éxito en tu carrera de escritora...

-Muestre a ver...

-No, corazón, todo el mundo no puede interpretar las señales de lo infinito. Tú sólo ves sedimentos de café regados en un pocillo.

-Yo, sin cunchos de café, sé que voy a triunfar. Tengo fe, tengo capacidades y, aunque me falta un poco de disciplina, estoy segura de que llegaré lejos.

-Te enseñaré a leer los residuos del café en la taza del que toma, y a leer los altibajos de la vida en las rayas de la mano y a descubrir el futuro en las cartas de la baraja. Y en nuestras tardes seremos como Martha y Liliana. Y yo pintaré la desnudez de tu cuerpo y tú escribirás lo que mi desnudez te inspire.

Frida sintió un estremecimiento total. "Debo irme", dijo con pesar. "Está bien, pero nunca dejes que el tiempo te domine", le contestó la gitana. Se despidieron con un abrazo y un beso en la mejilla cercana a la boca. "Aquí en esta misma mesa, de hoy en quince", dijo Frida. "Listo, la que llegue tarde paga el motel esa tarde", le contestó la gitana.

Las dos semanas se le hicieron largas a Frida. Quería llamar a la gitana, oír su voz, mirar sus ojos y su coqueto hoyuelo, admirar su figura alta y reír con ella, pero las absurdas normas de los gitanos se lo impedían. Le preocupaban los comentarios de las redes sociales de un posible toque de queda y orden de cuarentena para evitar el contagio del virus chino. Ese domingo, a los quince días exactos, se levantó temprano, se arregló pensando más en la gitana que en ella misma, y salió en busca del mejor día de su vida. Llegaría temprano para no tener que pagar el tequila ni el motel. En el morral llevaba su libro inédito de cuentos, algunos poemas y el último escrito sobre el encuentro con la gitana, que tal vez añadiría al libro que pensaba publicar, y cuyo nombre ahora sería: La gitana que pintaba desnudos.

Faltaban diez minutos para las nueve cuando llegó al Centro comercial Palmeras. La calle estaba desierta y un letrero en la puerta decía: “Cuídate y cuida a los tuyos. Este centro estará cerrado hasta nueva orden, para colaborar con el aislamiento social”. Un frío le bajó por la columna, se le aflojaron las piernas y sintió ganas de llorar. “No importa –pensó-. La gitana llegará aquí”. Pero la gitana no llegó. A las 12 del día, la policía la obligó a retirarse. Esta vez sí lloró. No tenía a dónde llamarla, y ni siquiera le había dicho el nombre, ni dónde vivía. Sólo sabía de ella que era gitana, que pintaba desnudos y que adivinaba la suerte. Y que hablaba de señales. Ah, y que su falda larga y ancha, de olas, palmeras y gaviotas, la había llevado a conocer el mar sin conocerlo.

LOS ASALTANTES

Los tres aparecieron de pronto como si hubieran brotado del piso. Llevaban capucha negra, overol negro enterizo, guantes negros y pistolas que nos apuntaban. Eran las nueve de la noche y los del grupo nos hallábamos reunidos cumpliendo la cita de los viernes, en la terracita del apartamento de Amílcar, el anfitrión de esa noche. Esteban y yo jugábamos una partida de ajedrez en la que yo acababa de perder la reina; Oriol, un poco retirado para no interrumpir nuestra concentración, cantaba en voz baja, acompañado de su guitarra, una canción viejísima de Pablo Gallinazo, que nos recordaba los años rebeldes de universidad, y Julio César y Amílcar llenaban el crucigrama gigante del periódico local de ese día. De pronto, en silencio, sin un grito, sin una sola palabra, nos rodearon los asaltantes. El susto fue inmenso no sólo por la sorpresa sino porque no sabíamos por donde habían entrado, pues Amílcar había asegurado con cerrojo la pequeña puerta de la terraza para que Capitana, su perrita, no nos molestara. Ante la amenaza silenciosa pero escalofriante de las armas, alzamos las manos para mostrarles nuestra total indefensión, pero el que parecía ser el jefe nos ordenó a señas levantarnos. Otro nos hizo un barrido de pies a cabeza con una linterna fluorescente, mientras el tercero recibía órdenes por un minicelular. Era viernes, día de nuestra reunión semanal.

El grupo lo conformábamos cinco cuarentones solitarios, cuya característica común era precisamente la de vivir solos. Amílcar y Julio César se habían separado de sus esposas y no tenían hijos ni atadura amorosa conocida; Esteban y yo nos dábamos ínfulas de ser solterones empedernidos, que no habíamos caído en las redes de ninguna mujer, y Oriol era un cura que había colgado los hábitos hacía ya varios años. Solos, inmensamente solos, como dice un verso de una poesía vieja.

Al levantarnos con las manos en alto, yo me enredé con la mesa, derramé el vino y tumbé al suelo las fichas del ajedrez. Sucedió entonces algo sorprendente. Uno de los asaltantes se agachó, recogió la reina negra, la que yo acababa de perder, y me la entregó en la mano. No sé si fue imaginación mía, pero creí verle una mirada tierna, diferente a las miradas que siempre tienen los atracadores, y hasta sentí que el contacto de su mano con la mía al devolverme la ficha había demorado un poco más de lo necesario, milésimas de segundo, no sé, pero desde ese instante creí que ese asaltante podría ser mi aliado.

Nuestro grupo venía funcionando hacía ya dos años, no con el fin de ayudar a nadie, ni de hacer obras de caridad, ni estudiar un tema determinado, ni con un fin comercial. Nuestro objetivo era simple y llanamente matar el aburrimiento y mitigar un poco los efectos de la soledad. Cuando tomamos la decisión de organizarnos como grupo, nos autoimpusimos un reglamento: reuniones los viernes, rotando el sitio de reunión en nuestras casas; el anfitrión ofrecería la comida y la bebida para cada sesión, que a veces duraba hasta el amanecer. Teníamos una cláusula de solidaridad para ayudar al que de pronto cayera en un estado de crisis (enfermedad, finanzas o cualquier problema que se nos pudiera presentar), y otra cláusula de exclusividad para dejar por fuera del grupo al que consiguiera mujer o compañera o compañero permanente. En los dos años jamás habíamos dejado de reunirnos semanalmente. El ex cura tocaba guitarra y Amílcar nos entretenía con sus canciones. Esteban hacía coplas, Julio César preparaba unos deliciosos cocteles, y yo declamaba poemas de los que nos habían enseñado en el bachillerato: El duelo del mayoral, El seminarista de los ojos negros, El borracho, Por qué no tomo más, y otros que repasaba durante la semana.

Mis preguntas en ese momento, y creo que también las de mis compañeros, eran ¿Qué quieren estos tipos de nosotros? ¿Es un secuestro? ¿Pero por qué? ¿Y por dónde llegaron? No somos de importancia ni tenemos dinero. Nos defendemos con nuestro trabajo para subsistir. Amílcar y Oriol son profesores de colegio. Julio César hace declaraciones de renta en su vieja máquina de escribir Olivetti, en una plazoleta cercana a la DIAN. Esteban administra un caféinternet, y yo vendo revistas y libros de segunda en el zaguán de un edificio viejo. ¿Entonces? La noche empezaba a volverse fresca después de los abrumadores calores del día, pero Amílcar, tal vez acalorado por los primeros vinos y en su calidad de anfitrión alzó la voz, como si estuviera dirigiéndose a sus alumnos: "Señores- dijo con energía, sin que le temblara la voz- no sé qué pretenden ustedes, pero presiento que se han equivocado de dirección. No es a nosotros a quienes buscan. No somos millonarios. No tenemos nada, ni siquiera familia. Somos honrados trabajadores que nos reunimos los viernes a distraer nuestra soledad jugando ajedrez, cantando algunas canciones, declamando algunos versos y tomando algunos vinos. Pero si persisten en su empeño, pueden llevarse lo que quieran, sólo les exigimos que respeten nuestras vidas. No nos hagan daño, por favor". El que hacía las veces de jefe, entonces, nos ordenó sentarnos y procedió a hablar, pero su voz era distorsionada tal vez a propósito para no dejar huellas:

-Señores, no les vamos a hacer daño, pero van a tener que colaborar con nosotros.

- ¿En qué sentido? ¿Colaborar cómo? – preguntamos.

-Primero, no haciendo preguntas. Segundo, acompañándonos de buen agrado a un viaje que vamos a hacer. Y tercero, obedeciendo, sin obligarnos a actuar de manera distinta a como quererlos tratando.

Quedamos callados. El tipo continuó hablando:

- Poco a poco se irán enterando de qué se trata. Por ahora, bástetes saber que ustedes han sido seleccionados entre miles y miles de seres humanos para esta misión. Hemos estudiado sus hojas de vida y se ajustan perfectamente a lo que estamos buscando. Les hemos hecho seguimiento para comprobar lo que desde un comienzo supimos de ustedes: Que son gente sana, alejados del bullicio mundanal, no le hacen falta a nadie ni a ustedes les falta nadie, medianamente cultos y que ya están asociados. Son ventajas que nos llevaron a decidirnos por ustedes.

- ¿O sea que ustedes ya decidieron por nosotros –dijo el ex cura- sin saber si aceptamos o no la tal misión que debemos realizar?

-Amigo Oriol, eso no es tema de discusión. No venimos aquí a proponerles si quieren colaborar con nosotros. Ustedes son desde ya nuestros rehenes y harán lo que les digamos que hagan.

- ¿Y si no? –dije yo tímidamente, pero me ignoraron por completo.

-Es bueno que sepan otra cosa- volvió a decir el de la voz cantante. Los tres tipos se juntaron por un momento y comentaron algo en secreto. -Pongan mucha atención: Este planeta está vuelto mierda por culpa de ustedes mismos. Utilizamos sus mismos términos para que nos entiendan. Nosotros no somos terrestres. Venimos de un planeta que en su lenguaje podría ser algo así como Zeta 3 - Eme 3- Jota 3.

- ¿Por qué mejor no nos echan un cuento de vaqueros? –dijo Esteban, el mamador de gallo, el de las coplas.

-Esto no es un juego, Esteban –dijo el jefe. Se veía que nos conocían con nombre y todo. –Tampoco los obligamos a que nos crean. La situación es ésta: Su mundo será destruido en muy poco tiempo. No con fuego, ni con agua, ni con terremotos. Una peste los asolará y no quedarán ni para contar el cuento. Habrá un mundo nuevo, con seres nuevos, de otra raza, que no serán autodestructores como ustedes. Conocedores en nuestro planeta de esta catástrofe, hemos seleccionado varios grupos en todo el mundo para ponerlos a salvo con el fin de que cumplan otra misión que, en su momento, les explicaremos.

-Pido la palabra –dijo Oriol, el ex cura.

-No se le da la palabra a nadie. Su tarea ahora es obedecer.

El supuesto extraterrestre continuó: "Y para que vean que estamos hablando en serio les vamos a mostrar algo: Miren allá, hacia el cerro que ustedes llaman Tasajero, su cerro guardián, como le dicen". Miramos en la dirección indicada y una luz rojiza parpadeaba en el aire, allá, a lo lejos, como envuelta en nubes. El que nos hablaba tomó algo así como una linterna y enfocó un rayo en dirección de la luz rojiza. De inmediato le contestaron con cambio de luces y en segundos algo grande como un helicóptero que giraba como un trompo pasó sobre nuestras cabezas. Sin ruido. Veloz. Como una esfera luminosa, que nos dejó encandilados. Fue el segundo susto de la noche.

-En un momento viajaremos en esa nave –remató el tipo. - Pero eso no es todo, apreciados amigos. Vamos a presentarnos porque seremos compañeros de viaje.

De inmediato los tres asaltantes comenzaron a despojarse de sus overoles anchos, sus guantes y su capucha. Tres mujeres aparecieron frente a nosotros, vestidas de bluyines y blusas de colores. No puedo decir que eran bonitas porque el terror me tenía casi que paralizado, pero tampoco eran feas. Altas, de cabello corto, dos blancas y una negra. Sonrientes fueron diciendo sus nombres: Clarisa, Grecia y la que hablaba, comandante Estrella. Eran demasiadas sorpresas para un rato de noche. Un asalto de extraterrestres que conocen nuestras vidas, un ovni que pasa sobre nuestras cabezas sin hacer ruido, un prometido viaje a otra galaxia y resulta que los asaltantes no son "los" sino "las". Sus caras tenían rasgos duros como de hombres, y al parecer estaban decididas a hacer lo que les tocara.

-De modo que tranquilícense. Tal vez se alegren cuando sepan que nuestro planeta está habitado únicamente por mujeres. Allá los llevaremos a ustedes, al igual que otros grupos de hombres que también han sido seleccionados en otras partes. ¿A qué los llevamos? Cuando lleguemos allá, lo sabrán. No tenemos ni sus costumbres, ni sus creencias, ni su estilo de vida. Hemos tenido que estudiar su lenguaje para podernos entender; el tiempo, su tiempo, no existe para nosotros, y el nuestro no lo medimos como ustedes lo miden. En suma, somos diferentes, pero poco a poco ustedes se irán habituando a nuestra cultura.

- ¿Y por qué no buscaron científicos? -dijo Amílcar- Tengo entendido que es a los hombres de ciencia a quienes necesitan en otras civilizaciones, no a unos pobres diablos como nosotros.

-Voy a hacer una excepción y le contestaré: Ustedes los terrestres son muy atrasados en cuestiones de ciencia. Ustedes se dedicaron a darse la gran vida y a exterminar su planeta, pero se creen una raza única y superior. ¿Cómo es que dicen ustedes en una forma graciosa y vulgar?

-Se creen la vaca que más caga -dijo Esteban, el de los chistes.

Ellas se rieron. Nosotros no. No estábamos para fiestas.

-Por eso van a ser castigados. Sólo quedarán ustedes y los demás seleccionados. Cuando ustedes se den cuenta ya no existirá ningún ser viviente sobre la tierra. Así que ¡alégrense! Ustedes serán salvados del exterminio.

Yo no le creía. No sé mis compañeros. En ese momento vi que la muchacha "mi amiga", me estaba mirando fijamente. ¿Qué querría decirme? ¿"No temas, yo estoy contigo"? ¿O algo así?

Después de un breve silencio, la líder volvió a hablar: "Señores, ha llegado la hora. Ya llega la nave. No van a llevar nada porque allá en nuestro mundo lo tendrán todo". No había terminado de hablar cuando el aparato redondo como un platillo volador, que había pasado minutos antes sobre nosotros, se detuvo en una esquina de la terraza. Una portezuela se abrió y la comandante haló de los brazos a Amílcar y a Esteban y arrancó a correr con ellos hacia la nave. La mujer morena se llevó a Oriol y a Julio César, y mi "amiga" me tomó de la mano y me murmuró muy bajo: "Corramos y lancémonos de la azotea a la calle. A ellos los van a matar. Yo enfrento a mis compañeras con disparos".

No supe más. Corrí prendido de una mano desconocida pero salvadora, saltamos por encima de la barda y caímos cerca de un almendro, en medio de un aguacero de luces que nos perseguían. Todo quedó en silencio. La terracita estaba en un segundo piso y tal vez al caer me fracturé un pie, porque no pude levantarme. Mi amiga me hizo unos rápidos masajes con su saliva, y pude caminar de inmediato. "No tardan en volver. Ahora me buscan más a mí. Pero yo sé defenderme. Cierra los ojos, no pienses en nada y abrázame." La abracé y cuando los volví a abrir, estábamos en mi pequeño y modesto apartamento.

-Descansa, ven, yo te acompaño Arturo, –me dijo suavemente, quizás con ternura, y me llevó a mi cama, grande como una cancha de fútbol. "Quiero estar contigo", y comenzó a desnudarme. Sentí a mi lado un ruido como de metales, como chirridos de latas sin aceitar.

Al día siguiente desperté, cuando ya el sol se colaba por la cortina de la ventana. Estaba solo y con mis ropas puestas. Comencé a repasar todos los sucesos de la noche anterior y me embargó una tristeza teñida de lágrimas. Sin embargo, y sin saber por qué, marqué el número del celular de Amílcar. "¿Aló?" –me contestó una voz de mujer. "Prepárese porque vamos a ir por usted. Ya capturamos a la traidora que se fugó con usted". Y colgó.

-Vengan, pues, aquí estoy –dije, sabiendo que nadie me escuchaba-, y abrí la ventana. Entró un sol esplendoroso, de esos que dan ganas de vivir.

SUSY

Susy murió un jueves de lluvia de pandemia. La llevaron al Hospital Infantil, contagiada de Covid 19, pero no resistió el embate del virus. Murió en el mismo hospital en el que tanta vez se escuchó su voz por los pasillos y salas de médicos y habitaciones de enfermos. Cuando empezó la cuarentena, ella pidió permiso para ir a cantarles a los niños enfermos, pero se lo negaron. Entonces comenzó a mandar videos que los pasaban por la red interna de televisores. Todas las noches, a las 8, la figura y la voz de Susy, acompañada de su guitarra, se tomaban el Hospital. Y tenía sólo once años.

Susy fue una niña prodigio. A los seis años, tan pronto aprendió a escribir, compuso sus primeros versos. En vez de "amo a mi mamá", que todos alguna vez escribimos, ella llenaba su cuaderno con frases como "Mi mamá me acaricia como la brisa y a veces me sacude como el viento". Poesía. Nació con la poesía y el canto metidos entre sus lloros, porque a veces parecía que no lloraba, sino que cantaba.

Yo soy Roberto Ríos, profesor de música y canto del colegio Juan Pablo II, y conocí a Susy un día lluvioso, en que fui a su salón a darles clase a los pequeñitos de primer grado. Yo trataba de enseñarles una canción infantil sobre la lluvia cuando se me acercó una niña que, en voz baja y muy seria, me dijo:

-Profe, yo hice la letra de una canción a la lluvia, y quiero que usted le ponga la música.

Que una niña de siete años componga una canción es algo maravilloso, pero casi imposible. "Muestre a ver", le dije incrédulo y sonriente. Me pasó un cuaderno cuadriculado, que seguramente le habían comprado para matemáticas, y me dijo con la mayor tranquilidad del mundo: "Es la número 7". Tenía versos, frases, pensamientos y las canciones las llevaba enumeradas. Busqué la numero siete y leí:

Mi amiga la lluvia quiere llorar
mojó su muñeca y la puso a secar
pero vino el viento y se la robó.
La lluvia está triste, comenzó a llorar.

- ¿Quién escribió esto? –le dije.

-Yo -, dijo con firmeza. Y añadió: "Mire todo lo que he escrito. Tengo lleno el cuaderno".

Quedé extasiado. Maravillado. La noté tan segura de lo que decía, que de inmediato le creí. Le improvisé una música a sus versos, la cantamos con todo el grupo, y llamé al director para que escuchara la canción cuya letra había compuesta una niñita de siete años. Vino el director, vinieron los maestros y todos la aplaudíamos, y la niña, tranquila, como si no fuera ella la congratulada. En un momento, salió a la mitad del salón, pidió silencio y me dijo:

-Profe Ríos: acompáñeme con su guitarra, por favor.

Y empezó a cantar como en ritmo de pasodoble:

¿Por qué tanta bulla
por una canción?
No saben que la lluvia
tiene corazón?
Cantemos, cantemos,
pongámosle amor
y formemos todos
un gran parrandón.

La ovación fue cerrada. Y ese se volvió su tema de presentación: "Cantemos, cantemos, pongámosle amor, y formemos todos un gran parrandón". Ese día nació la fama de Susy. La noticia se regó y en poco tiempo se hablaba de la Niña Prodigio, de siete años, que cantaba y componía versos y canciones, del colegio Juan Pablo II. De eso hace cuatro años. La niña ingresó a una escuela de música, aprendió a tocar flauta y guitarra y le afinaron la voz. Yo no la volví a ver en persona porque cambió de colegio, pero la veía por televisión y redes sociales cuando le hacían entrevistas, y en suplementos literarios que le publicaban sus versos. De cuando en cuando ella me llamaba para contarme sus avances, que yo disfrutaba con mucha alegría.

Un domingo de mayo dijeron en el noticiero que Susy, la Niña Prodigio de once años, había ingresado al Hospital Infantil, contagiada de Covid 19. Ya no eran sus videos con poemas y canciones, en busca de los niños para darles vida. Ahora era ella misma, angustiada, en busca de vida. Ella no contestaba su celular y no me fue posible comunicarme con el Hospital para que me dieran alguna información. No tenía nadie más a quien llamar, alguien que pudiera darme información sobre Susy. A los quince días exactos, al medio día, recibí una llamada del antiguo rector del colegio Juan Pablo II, donde Susy había comenzado su carrera artística siendo apenas una niña de siete años. "Profesor, mire el noticiero". Y no dijo más. Estaban dando la noticia de la muerte de Susy.

Me sumí en un estado de crisis, con llanto y deseos de gritar, de rebelarme contra la vida, contra el destino, contra Dios, contra todo. No lograba entender –tampoco ahora- cómo se trunca de esa manera el futuro promisorio de una niña. ¿Por qué? ¿Qué hilos ocultos mueven nuestras vidas, a veces sin lógica aparente, que nos impiden continuar por el camino que el mismo Dios parece haber trazado? Sólo cinco familiares pudieron acompañarla al cementerio donde la iban a cremar. Sin canciones. Sin flores. Sin sus amigas. Sin los admiradores de sus poemas y de sus canciones. Como fondo de la infausta noticia, se escuchaba la voz de Susy, cantando aquellos sus primeros versos: "Cantemos,

cantemos, pongámosle amor y formemos todo un gran parrandón", que después había grabado. Ha sido la tarde más triste de mi vida.

Susy murió en el mes de mayo de este desalmado 2020. En el mes de junio comenzaron los rumores de que en el Infantil estaban sucediendo cosas extrañas. Que de noche se escuchaban las canciones de Susy. Que los televisores se prendían solos a cualquier hora del día o de la noche y durante algunos segundos aparecía la imagen de la niña.

Torturado por lo que estaba pasando y, lleno de coraje, me fui al Hospital Infantil a averiguar en el propio terreno la veracidad de aquellos comentarios. Después de una hora de espera logré hablar con el médico director. Le conté que había sido profesor de Susy y que me preocupaban los rumores que ahora estaban circulando de que la niña se estaba "apareciendo", después de muerta. Me dijo, después de ofrecerme un café, que esa era la misma preocupación suya y la de todo el Hospital. Que no entendía lo que estaba pasando. "Soy ateo, -me dijo con convicción- y por lo tanto no creo en las cosas de Dios. Susy murió y todo se acabó. De modo que no logro entender esto".

En ese instante entró una enfermera jefe, asustada: "Ahí está la niña en el televisor", dijo. El médico tomó el control rápidamente y prendió el aparato, pero ya no había imagen alguna. Sólo quedó una cortina de luces titilantes que fueron muriendo lentamente. Y, de pronto, el televisor se apagó solo. Me corrió un escalofrío de la cabeza a los pies.

-jefe, dígale, por favor, aquí, al profesor, qué otros fenómenos han sucedido últimamente.

-Anoche, a las once y media de la noche, cuando hacíamos el turno de la media noche, la vimos, dos enfermeras y yo.

- ¿A quién? –pregunté, despavorido.

-A Susy. Salíamos de la habitación 214 cuando vimos que la niña venía hacia nosotros por el pasillo, sonriendo, como siempre.
- ¿Y ustedes qué hicieron? -preguntó el director.

-Nos quedamos rígidas, estáticas. La niña se detuvo a unos tres metros de nosotras, y desapareció. Largo rato duramos allí las tres sin hablar, sin mirarnos, hasta que el timbre de alguna habitación nos hizo aterrizar.

- ¿Seguro era ella? –pregunté. Y me deshice en llanto.

LA CAMA 44

1)

Olvidé tu nombre. Lo olvidé aquella tarde de borrasca cuando nos perdimos entre la montaña. Estábamos tomándoles fotos a las aves del monte y grabando audios para tu proyecto de revista "Las voces de los animales", y de pronto todo oscureció y empezó la tormenta. Los rayos caían cerca de nosotros, el bosque retumbaba con el rugir de los truenos, y todo era una confusión de lluvia, luces y sonidos. Corríamos prendidos de la mano, pero en un momento te soltaste de mi mano y echaste a correr. Te metiste entre el aguacero, las tinieblas y el viento, y ya no pude encontrarte. Te grité, te llamé, y en eso resbalé cañada abajo. Cuando desperté, yo estaba en un hospital y mi pasado se había escabullido, como te escabulliste de mí, aquella noche.

Los médicos dijeron que de los golpes en la cabeza había sufrido amnesia parcial. Cierto. He venido recuperando la memoria, poco a poco. Recuerdo tu figura y tu sonrisa, pero de tu nombre no he podido acordarme, y eso dificulta más tu búsqueda. Cuando empecé a sentirme bien, me dieron la salida del hospital, pero sin un lugar a donde llegar, me hice habitante de la calle. Tengo apariencia de loco, la gente me esquiva y sobrevivo de lo que encuentro en las canecas de basura. Sé que me llamo Rafael, pero tampoco recuerdo mi apellido ni el barrio donde vive mi familia.

Hubieras podido llamarte Catalina o Nayibe. Tal vez Rosa te hubiera quedado muy bien, por las espinas que llevabas debajo de los pétalos y con las que me herías constantemente. Pero habíamos dicho (hicimos tantos castillos en el aire), que si teníamos una hija la llamaríamos Maríelena, un nombre que te gustaba a mí y a ti. Por eso estas cartas van dirigidas a Marielena, en nombre de aquella nuestra hija que nunca fue, pero que hubiera podido ser. Cuando recupere totalmente la memoria, le cambiaré el nombre del destinatario y entonces sabrás que jamás te olvidé, aunque el destino siempre se empeñó en separarnos hasta que lo logró.

Si alguno de quienes lean esta carta escrita a mano y en hojas de diversa clase, conoce a una chica morena, de trenzas recogidas y hermosa sonrisa cristalina, que es fotógrafa de animales, por favor, dígale que me busque entre los habitantes de la calle y que Rafael la está buscando desesperadamente.

2)

Ahora estoy de nuevo en el hospital. Me recogieron hace tres noches por los lados de las toldas que improvisaron para los venezolanos. Me tomaron la temperatura y me trajeron en ambulancia porque posiblemente estaba contagiado de coronavirus. Mi fiebre fue tan alta, que me hizo recordar algunas cosas ya olvidadas. Ahora recuerdo que te llamas Raquel, Raquel Piñeros. Cuando me llevaban a la UCI para entubarme y hacerme el tratamiento propio contra el Covid 19, le dije al camillero que me llevaba:

-Hermano, yo no tengo el virus, yo no estoy contagiado. Mi enfermedad es de amor. Ando buscando a Raquel Piñeros.

- ¿Raquel Piñeros? ¿La fotógrafa?

-Sí, sí. Esa. ¿La conoce?

-Acaba de fallecer. Estaba contagiada de Covid, pero no aguantó el tratamiento. Precisamente usted va a ocupar la camilla 44, la que ella tenía.

3)

-Tengo Covid 19 y quiero morirme, doctor, -le dije al médico que fue a verme.

- ¿Y por qué quiere morirse? –me preguntó.

-Porque no quiero seguir viviendo en la calle, soy una basura, soy una gonorrea, no soy nadie. Déjeme morir.

-Pues precisamente vengo a darle la mejor noticia. Acaban de llegar los últimos resultados de sus exámenes y usted ya no tiene el virus. Se ha salvado. Milagrosamente. Dele gracias a Dios y busque otra vida en el mundo. Déjese de decir pendejadas, y busque oficio, carajo.

4)

Aquí estoy otra vez en la calle, con hambre y sol y lluvia, pero creo que me estoy llenando de fuerzas para volver a empezar. Si tú me ayudas, desde donde estés, volveré a mirar el arco iris con alegría y volveré a entusiasmarme con la música de la brisa entre los árboles. Y seguiré soñando contigo para siempre.

EL JURAMENTO

La cuarentena obligatoria por el Covid 19 comenzó un martes y el matrimonio de la doctora Patricia Méndez estaba programado para el sábado siguiente. Tuvieron que llamar a familiares, amigos y compañeros de ella y de su prometido, el también médico Juan de Jesús Jiménez, para informar que el matrimonio quedaba aplazado hasta cuando las condiciones de salud mejoraran. Nadie imaginaba en ese momento que el asunto iría para largo. "En uno o dos meses todo estará normal", había dicho el Presidente de la República.

El hombre de las tres Jotas, o Jota tres, o Jota, como llamaban sus amigos al médico Jiménez, tuvo un suspiro de alivio con el aplazamiento, pues no eran muchos sus deseos de encadenarse todavía con alguien de por vida. Quería a su novia, la pediatra Patricia, y sabía que ella sería su mujer, pero se sentía joven y con deseos de vivir un poco más la buena vida de soltero.

Los dos médicos se dedicaron por entero a atender a los pacientes del Covid 19, cada uno en su respectivo sitio de trabajo. Por sus ocupaciones, no pasaban juntos mucho tiempo, pero Patricia. de noche en noche, se quedaba con él, en su apartamento de soltero. Ambos preparaban la cena, tomaban vino y hacían el amor en la cocina, en la sala, en el suelo, en el sofá y a veces en la cama.

Una noche de sábado, Jota estuvo desganado en el comedor y en el sofá. Se sentía cansado, malhumorado y Patricia lo notó calenturiento. Le tomó la temperatura y estaba alta: 39.6. No quiso que ella lo llevara a la clínica. Al otro día se celebraba el día de las madres y quería estar bien en las dos celebraciones, la de la suegra y la de su propia mamá.

A la madrugada, Jota tuvo vómito y la fiebre seguía subiendo. Las pastillas que le dio la doctora, de nada le sirvieron. La mujer empezó a preocuparse en serio ante una posible contaminación de Covid. Al amanecer, la doctora lo llevó a la clínica donde él trabajaba, donde lo hospitalizaron de urgencia. Tenía los síntomas de estar contagiado del virus. Las celebraciones del día de la Madre, de las dos familias, debieron suspenderse.

A la semana siguiente, el médico falleció. El mundo se le derrumbó a Patricia. Adiós planes. Adiós hogar. Adiós hijos. La funeraria, el entierro solitario, la cremación, y encima, la posibilidad de que ella estuviera contagiada. Sus amigos le sacaban el cuerpo, se alejaban de ella, y debió aislarse en el apartamento de Jota, por el temor de estar contagiada. No sentía ningún malestar, pero podía ser asintomática. Una nueva preocupación le llegó en esos días de aislamiento y soledad y tristeza y abandono. No le había llegado el período menstrual y podía tratarse de un embarazo. Ante esa posibilidad todo se le complicó aún más. Pidió en cuanto pudo que le hicieran la prueba de embarazo. Resultó positiva.

Pero entonces sucedió lo increíble. Se levantó, abrió las ventanas de par en par, corrió las cortinas, se asomó a la calle y gritó para que todo el mundo se enterara, un juramento de amor que se debió escuchar más allá de las nubes: "Yo, Patricia Méndez Gutiérrez, juro por Dios, que no me dejaré enfermar de ese hijueputa virus. Que lo daré todo por mi hijo Juan de Jesús Jiménez, mi pequeño Jota. Que soy una mujer verraca, echada para adelante. Y que mi hijo llenará con creces el vacío que su padre me ha dejado".

SU SONRISA COMO SORBETE DE GUANÁBANA

Desde mi ventana veo pasar todos los días a una jovencita, que hace algunas entregas a domicilio en una pequeña y negra bicicleta. A fuerza de vernos varias veces al día, nos hemos hecho amigos. Yo la saludo desde mi ventana y ella me contesta con la corneta de su bicicleta y me envía su sonrisa blanca. No sé cómo se llama, pero eso es lo de menos. Para mis ilusiones yo la llamo Celeste.

No tiene más de veinte años. Lo sé por el color de su piel y sus ojos radiantes. Celeste es alegre, le sonríe a la vida y hace su oficio con optimismo y hasta con vocación.

Desde ayer le he visto unos audífonos, por lo que imagino que le está yendo bien en su negocio y que ya pudo comprar dispositivos para escuchar música y mantener las manos libres que le permitan llevar con seguridad los manubrios de su vehículo. Ojalá que le siga yendo bien, pero no tan bien como para que le dé por cambiar su bicicleta por una moto. Las motocicletas son enemigas de la humanidad. Las bicis son amigas. Las motos son bulliciosas y engreídas. Las bicicletas son humildes y modestas. En algunas ciudades europeas se utiliza más la bicicleta que el carro, y así debiera ser en todas partes. El carro es para las carreteras, la bicicleta para la ciudad y la motocicleta para ninguna parte.

Casi que le conozco el horario a mi amiga, la muchacha de la bicicleta. Sólo trabaja en las tardes, tres o cuatro viajes para entregar zapatos a domicilio, o bolsos, digo yo. O ropa de alguna costurera de barrio. Tal vez piyamas de colores para niños. O camisetas o pantalonetas. Todo es imaginación mía, porque jamás conversamos. Mi ventana es grande y queda en un segundo piso. Cuando Celeste asoma a la esquina, yo cierro el libro de la lectura diaria, me aliso el poco cabello que me queda y la espero para saludarla. Ella trae su sonrisa preparada y me la deja saborear como saboreo el sorbete de guanábana que tomo de cuando en cuando.

Creo que ella dedica las mañanas a otras actividades, tal vez a estudiar o a ayudar a los oficios de la casa o a leer. Por la alegría que la acompaña, debe ser buena lectora. Los que leen viven siempre alegres porque nunca se sienten solos. Un libro es la mejor compañía para alegrar el viaje a través de los años. Y hasta es posible que sean libros la mercancía que mi amiga entrega a domicilio. Y también es posible que en vez de música la muchacha vaya escuchando poesía: poemas de Neruda, de Amado Nervo o de Alfonsina Storni. Si así es la cosa, cabe otra posibilidad: que mi amiga sea escritora. Eso es. Se levanta con la aurora y se dedica a escribir toda la mañana. Toma café, mucho café. Y toma agua. Mucha agua. Y escribe mucho. Y corrige. Y borra. Y vuelve a empezar. Dicen que ese es el trajín de los escritores. Cuando pase esta pandemia y podamos hablar, la muchacha me dirá que, efectivamente, ella es una aprendiz de escritora y que prepara un libro para publicar cuando el mundo vuelva a ser normal. El libro de Celeste seguramente se llamará “Poemas, calle abajo”, y en el poema La Ventana, hablará de mí, su amigo, con quien se entiende en el lenguaje de los enamorados, con miradas y sonrisas.

El último recorrido lo hace a las cinco de la tarde, porque a las seis comienza el toque de queda. Al pasar, levanta su mano ágil y a señas me dice “Hasta mañana”. Yo levanto la mía, temblorosa, y le respondo con mi mensaje: “Mañana te espero”. Ella sonríe, da un pedalazo largo y se aleja por la avenida abajo.

Llega a su casa, en algún barrio lejano, guarda su bicicleta, la acaricia cariñosamente como si fuera su amante, la limpia con la toallita verde que lleva en su bolso, el de los libros, y la deja lista para el día siguiente. Es lo que yo pienso. Después vendrá el baño, descansará del sol y de los ajetreos del día y luego, después de la cena, terminarla la jornada tocando algún instrumento musical, una flauta dulce o un tiple o alguna pandereta.

Yo me sumerjo en mis cavilaciones, me duermo sobre el libro y sueño que ya viene Celeste en su bicicleta. La cercanía de mi amiga me despierta, pero entonces caigo en la cuenta de que sólo hasta mañana volveré a verla. Como ha sucedido en estos dos meses, le pediré a la enfermera que

me cuida, que me instale en mi silla de ruedas junto a la ventana y que el abra de par en par, para cuando Marlene pase, saborear de nuevo su sonrisa blanca y tierna, como sorbete de guanábana.

www.ingramcontent.com/pod-product-compliance
Lightning Source LLC
LaVergne TN
LVHW050341160826
845677LV00014B/3721